KB264096

내 삶을 노래하리라

내 삶을 노래하리라

백병엽 시집

생각나눔

꿈은 이루어진다

본인은 어려서부터 글쓰기를 좋아하였다.

1995년 과천문인협회와 1998년 경기도문인협회에서 산문 부문으로 글짓기 가작을 수상하였다.

생업에 종사하면서도 책 읽기와 글쓰기를 계속하며 경기도가 주최한 경기도 건강가족수기 공모에서 일반부 우수상을 2005년도에 수상하였고 글쓰기는 계속 이어갔다.

시를 접하면서 시를 어떻게 써야 하는지를 생각하며 고민하였다.

2015년부터 현재까지 10여 년 동안 시를 계속 써오고 있다.

2019년도에 교회 목사님과 노인정을 방문해 봉사활동의 일환으로 자작시를 낭송하고 행복을 만끽했으며 본인의 자작시는 일취월장 발전해 나가고 있었던 것 같다.

자작시를 혼자 감상하기도 하고, 때로는 새로운 시어가 떠오를 때마다 시와 장소를 불문하고 기록한다.

시에 대한 사랑이 10여 년째 될 무렵인 2024년에 들어서면서 시인으로서 등단할 생각을 하였다.

어느덧 나의 자작시가 약 600 여 편을 기록하였고, 칠순을 맞이

하여 시집을 내기로 결심하였다.

아내의 지인 중 경희대 국문학과 출신의 지인을 찾아 시 등단에 관하여 의논을 하였다.

이야기가 오가던 중 '국제문단'을 소개시켜줘서 2024년 계간지인 국제문단 여름호에 시 3편이 당선되어 그해 12월에 신인상 수상으로 시인에 등단하는 영광을 안게 되었다.

대표적인 시로 서민의 세상을 그린 「중앙시장」이 대표 출품작이 되었다.

심사숙고한 본인의 120편의 시를 세상에 선보인다.

간절히 바라던 시인의 꿈이 이루어지는 버킷리스트의 감동 벅찬 순간이다.

"꿈은 이루어진다." 갈고 닦고 무한 반복하면 칼날이 빛나듯 꿈을 이룰 수 있다.

난 시와 한평생을 살고 가리라.

국제문단문인협회 이사 백병엽

시장통이나 놀이터는 삶의 배움터이다

조남선(시인, 본지 심사위원)

2024년 계간 『국제문단』 가을호(통권 제43호)에 백병엽 님이 '신인상'에 응모한 다수의 작품 중에서, 당선작으로 선정된 3편의 작품, 「중앙시장」이나 「인생의 활주로」 그리고 「놀이터 풍경」이라는 시제(詩題)들에 받는 느낌은 왜, 휴머니즘과 휴머니스트(humanist)를 연상하게 하는 것일까?

작품(글) 속에는 반드시 작가의 생의 연륜과 심성(心性)이 그대로 녹아있기 때문일 것이다. 시장통이나 놀이터, 활주로 등 이 모두가 거친 경쟁 속 삶의 현장이며 그곳에서 우리는 삶의 모습만 바라보는 것이 아니라 삶의 방식을 배우며 터득해 가는 삶의 배움터이기 때문이다. 오랫동안 기억되는 경험이고 체험이 될 것이기 때문이다.

백병엽 당선 시인님의 시 구성은 결코 거칠 거나 부딪힘이 없는 유연함의 표현이다. 작품성과 문학성 그리고 작가의 심성까지 높이 평가하게 한다. 한 편씩 살펴보자

「중앙시장」이란 이름은 전국 어느 곳에서든, 명소로 불리는 전통

시장의 대표적인 이름이다. 언제나 노소 남녀 구분없이 사람들이 붐비고 인심이 넘쳐나는 생존의 현장이다. 시장통은 사람과 사람이 어우러져 편안한 삶을 추구하고자 선심을 팔고 사는 상호 간의 유기적 관계에 있는 곳이다. 바로 그 중심에 시장을 바라보며 미래를 꿈꾸는 시인의 예리함이 작품 속에 녹아있다.

「인생의 활주로」라는 시에서는 시인의 새로운 희망과 다짐을 강하면서도 부드러운 시문으로 표현했다. 분명 경사스러움이 엿보인다. 활주로는 오고 감의 통로이다. 둥근 태양은 밝음과 희망이 아니던가? 막 출발하는 인생 이모작은 분명 동녘에 떠오르는 태양과도 같은 것일 테니 한쌍의 원앙이 자축하며 다짐을 한다. 시의 문학적 형태는 자유시이다.

백병엽의 작품 중에서 「놀이터 풍경」이 괄목할 만한 수작(秀作)이다. 시는 모든 사물을 바라보는 예리한 시인의 정서적 또는 서사적 감정과 감성의 표현이 잘 정리되어 독자들에게 전달될 분명한 메시지가 있으므로 하여금 감명과 감동을 주는 것이다. 독자들은 감동의 핵심 알맹이인 메시지가 없다면 책을 끝까지 탐독하지 않는다.

백병엽 님은 작품 중에서 「인생 이모작」을 언급한 것으로 보아, 어느 정도의 연륜은 있어도 사회활동을 활발히 할 수 있다는 결심이 서 있는 것으로 보인다.

위 3편의 시를 2024년 계간 문예『국제문단』가을호(제43호)에 심사위원 전원의 의견 일치로 운문 부문(詩) 신인상 수상자로 선정하였기에 본회 정회원 시인이 됨을 축하하며 더욱 활발한 문단 활동으로 일취월장을 기대하며 거듭 축하를 드리는 바이다.

심사위원: 도창회, 윤형복, 이상진, 조남선

목차

인생의 활주로

새출발의 모선을 취할 때 가슴이 벅차오른다
남은 생을 스케치하며 내일의 희망을 열어간다
8월 3일 인생의 활주로는 옥 보석처럼 찬란히 빛을 내뿜는다
만인의 찬사를 받으며 인생의 이모작은 출발한다
동녘의 둥근 태양이 미소 짓는다

희망의 기지개 켜라 박수갈채 보낸다
산과 바다도 시원한 폭포도 흐르는 냇물도
예쁜 손 흔들며 반긴다
아름다운 시공간 속에 갇힌 한쌍의 원앙이
새끼손가락 걸고 내일의 생을 건다

환희를 등에 업고 은총의 보따리 들고
인생의 활주로에 서있다
자! 행복의 여정(旅程)에 오르시오

중앙시장

수리산 자락을 등지고 둥지 튼 중앙시장
전국의 명소 전통시장이어라
나그네의 발길도 안양 중앙시장에 머물고
스마트한 안양시민도 중앙시장에 모여든다

맛의 명소로
듬뿍 얹어주는 인심으로
잘 꾸며진 도시 디자인으로
스마트한 안양시를 대변한다

미소 짓는 아낙의 숨결이 묻어나고
지화자 좋다 흥겨운 어르신의 자태가 아른거리는 곳
오늘도 내일도 스마트한 중앙시장
또다시 찾는다

놀이터 풍경

까치가 놀이터의 아침을 연다
비둘기들은 합창을 하니 놀이터엔
서정시가 흐른다

어린이들의 그네 춤이 하늘을 날고
5월의 장미가 화사하게 미소 짓는다

학생들의 에피소드와 중년 신사들의 낭만
실버 어르신의 바둑 열풍

모든 추억의 정서를 퍼즐로 화폭에 담는다
우리들이 만든 낭만을 빗자루로 쓸지 마오

추억이 숨 쉬는 이웃사촌들의 쉼터
맑은 영혼 맑은 내 이웃 사랑이 흐르길 기도한다

너그러이

감성이 부족하여 눈치가 백치일 때 너그러이 대하소서
육신이 입은 자들은 2%가 부족하기도 하고
5%가 부족하답니다

불만의 공간을 채울 수 있는 것은 너그러이 네 글자랍니다
용서라는 단어보다 너그러이가 어쩐지 정겹습니다
너그러이 너그러이를 이 아침에 불러봅니다

정겹고 살가운 이름 너그러이를
태평양 바다보다 넓어보이는 그 이름 너그러이
난 오늘도 너그러이란 봇짐을 메고 인생 열차에 오른답니다

너그러이

청산처럼 살리라

청산의 푸름에 만취 되어 살련다
내 영혼이 영롱한 아침 햇살 되어
이웃을 향해 미소 눈길을 보낸다

가진 것 많다마는 마음은
부유했고 긍정의 삶을 살아온 나날들

불의를 미워하며 진실만을 추구한 삶 속에
내 영혼이 노래한다

파도와 인생의 폭풍우에도 좌절하지 않던
늘 푸른 날의 일들을 새기며
청산이 내게 말하고 나 또한 청산이 되려
청산의 노랫말 써본다

위선이 판을 뒤엎어도 판세가 몰릴 때도
내 영혼의 순결을 주장하며 인생의 결투에서
거짓을 정죄하고 영롱한 아침 햇살을 한움큼 털어넣는다

유전무죄 무전유죄의 파렴치한 세상을 비웃고
청산을 보며 푸르게 푸르게 살다가 인생의 역사
뒤안길에 사라지리라

청산은 푸르다
자연의 귓속말을 듣는가
청산에 살리라 청산에

오월의 편지

눈물로 쓴 편지는 외면의 덫에 걸리지 않는다

허례 가식의 편지는 외면당하고 정성 어린 편지는
감동의 눈물을 자아낸다

푸르름이 더해가는 신록의 계절에 푸른 창공에 녹색
편지를 쓴다

살아있는 생동감 넘치는 편지
어버이 사랑 눈물겹습니다

고맙습니다 나의 스승님
사랑스런 자녀들아
조국을 항상 기억하자

푸르름이 짙어가니피보다 진한 가족 사랑, 선생님 사랑, 나라 사랑
모두가 하나 되어 이 강산을 수놓으리

연인 같은 부부

내가 당신의 다리가 되어드리리다 당신이 앞 못보는 내 눈이 되어
주소서

당신의 어진 마음이 내게도 스며들게 하소서

당신이 내게 베푼 배려 나도 베풀게 하소서

세상의 실의에 빠질 때 위로자는 부부밖에 없나이다

백지장도 맞들어 환난의 쇠사슬 풀고 벗어나리다

내가 당신의 보호자이나이다 내가 당신의 바람막이가 되어드리리다

의지할 곳 없어 쓰러질 때 내가 내민 손 붙잡으소서

새들도 꽃들도 나무도 애정 어린 착한 부부애 보고 눈물 훔친답니다

헌신의 은혜 타고 내게 다가온 당신 거룩한 천사표이나이다

환난이 갈라놓는다 으름장 놔도 두손 잡고 미소 지으며 천상 길
동행하게 하소서

아름다운 사람아

아름다운 세상을 만들어가자
아름다운 사람아

아름다운 미적(美的) 감각을 동원해
아름다운 세상을 수 놓는다

아름다운 세상에는 아름다운 말이 있다

아름다움엔 언어의 폭력도 무릎 꿇는다

아름다운 사람아

아름다운 언어 행동 마음 가진 아름다움을 스케치하자

아름다움이 펼쳐지는 세상을 바라보아라

아름다움!

아름다움을 시로 노래하고 표현하자

아름다운 사람아

아름다운 감정으로 모든 이를 대하자
아름다움이 꽃필 때까지

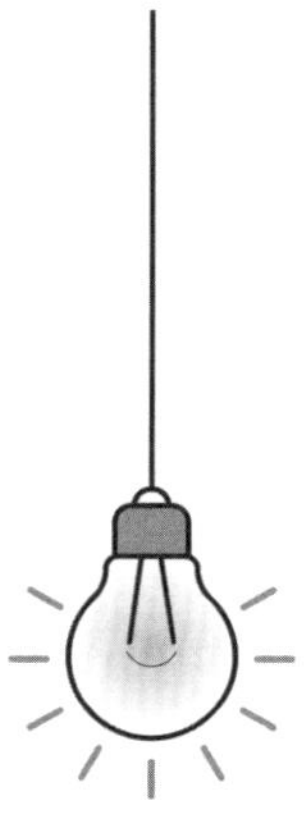

인생 예찬론

얼굴을 펴면 인상이 좋아지고
허리를 펴면 일상이 좋아지고
마음을 펴면 기분이 좋아지고
경제가 펴면 가정이 좋아지고
사랑이 펴면 얼굴이 좋아지고
자식 농사 잘되면 어깨가 으쓱대고
승진길 펴지면 세상 위에 날아간다

펴지는 것이 꽃에서 유래되었지
모든 매사가 펴지다 참 좋은 말일세

위축될 때를 오므라들다에 적용하나 경제적 용어에선
하한곡선이라

매사가 펴진다 기분 좋은 일이다
공중에서 낙하산이 펴질 때
어찌 환호성이 나오지 않겠나

펴지다는 함박웃음을 주노니
매사가 그랬으면 좋겠다

무표정의 사람들이여 웃음으로 분장해서 해맑은 미소 띤
얼굴로
한세상 멋지게 살아가자

세월 님

내 삶의 보상을 청구합니다

어떤 시련 어떤 인내도 모든 게 세월의
약이었소

세월 속에 묻어가다가 깨어보니
어느덧 인생의 종착역이었소

난 종착역에서 과-거를 회상한다
지난 세월 속에 울고 웃던 지난날들이

내 인생 영상의 자료였소
내 또한 회심의 미소를 짓고 성공의
금자탑을 바라본다

그러나 모든 것이 다 지나가더라

힘든만큼 이룬 것 많소

세월 님 내 인생 보상의 청구서를 쓰오

나뭇가지에서 떨어진 낙엽을
주어보니 세월이었소

세월은 내 인생을 싣고 인생의
종착역에 동행한다

세월(歲月)아

세월아 오토바이 타고 다니지 마

때로는 도보로 다녀

어르신들이 불편해 한다
가는 세월 잡아 둘 수 없을까 애원한단다

세월아 시간을 어르신들께 대출 많이 해드려

그리하면 지화자 좋다
얼씨구나 춤사위 벌이겠지

세월아 오토바이는 타지 마라

얼마 남지 않는 세월 달나라 여행 가게 도와드려

작은 문 틈새로 흰말이 지나가는 세월입니다

상 처(傷處)

가려진 가슴에 상처를 내지 마오

상처!
외과의사는 다리의 상처는 잘 고친다만

마음의 상처는 치유가 오래간다

봄철에 나무의 표피를 긋고 고로쇠 물을 받으나
상처 자국은 영원히 남는다

비수의 언어로 가녀린 마음 판에
텐 텐 텐 명중(命中), 외치지 마세요

비수를 던지는 짓은 악마의 궁터랍니다

세치의 혀가 사람을 잡나니

상처의 언어를 폐기 처분하고

위로와 격려와 미담으로
3중창 하모니를 들려주오

삶을 노래하리라

현재의 겪는 삶이 버거우나 다가오는 미래를 위해 모든 걸
감내하면 밝은 미래가 미소 짓는다

삶을 노래하는 내레이션
내 삶에 멋진 연출이오

고난의 쓴맛을 맛본 자가 인생의 최고점, 삶을 노래하리라

아픔을 딛고 새살은 돋아난다 운명의 개척 속에 성공의 새
살이 돋아난다

고난을 미소라 내레이션하다 보면 인생의 결말은 삶을
노래하리라

해바라기

해바라기의 이상형은 해님인가
해님이 없을 땐 외로워 보인다

해피 바이러스 해님 보고 방긋 웃는 해바라기

해님만 바라볼 수 있다면
참 행복이겠지

해바라기는 유난히 노란색을 좋아한다

해님 보고 싱글벙글거리다 노란 웃음 짓는가

비 오는 날엔 해님이 그리워 고개 숙인다

해바라기는 일편단심 해님뿐
아무에게도 눈길 주지 않는다

해바라기 해만 쳐다보다가 까치발 디뎌
다리만 길어진 걸까

아름다운 질그릇

아름다운 영혼을 담은 아름다운 질그릇 되게 하소서

보배를 가득 담은 질그릇으로 살아가게 하소서

죄악은 불사르게 하시고 의로움을 찬미하는 아름다운 영혼을
담은 질그릇 되게 하소서

향기없는 백합보다 그리스도의 향을 담은 아름다운
질그릇 되게 하소서

젊음을 신앙으로 담금질합니다 내 영혼에 주의 심성만
남게 하소서

유혹과 불의와 타락은 십자가에 못 박아 장사 지내게
하소서

천성의 음률로 내 영혼이 주를 찬양하나이다

아름다운 영혼을 담은 아름다운 질그릇 되게 하소서

도 전(挑戰)

미래가 좀 더 다복해지려면 꿈에 도전하라

도전을 망각하고 산다면 비겁한 자일 것이다

세상에는 도전의 크기가 각각 다르다

각자에게 맞는 도전을 추구하라

지나치게 큰 도전은 성취할 확률이 현저히 낮다

자아와 가문의 빛이 될 만한 도전에 목표에 베팅하라

지나친 도전으로 혼기를 놓치지 마라

도전은 집중이 최고다
도전은 인내가 필요하다 도전은 미래의 행복이 미소 짓는다
도전은 유혹과 훼방을 뛰어 넘는다

도전을 가슴에 새기며 뛰노라면 도전은 이루어진다

도전 철학을 쓰다

눈

저희들 눈이 하늘의 시온성을 바라보는 눈이 되게 하소서

부귀와 영화에 홀리는 눈이 되지 말게 하시며

남의 수치를 보거든 간과하는 눈이 되게 하소서

들추는 눈보다 감싸는 눈이 되게 하소서

신앙인의 눈은 의를 바라보는 눈이요 불의를 미워하는 눈이라

조소의 눈보다 동정의 눈으로 살게 하소서

지나쳐버리는 눈보다 애정 어린 눈으로 바라보게 하소서

신령한 것으로 바라보는 열린 눈을 주소서

노년에 이를 때 모세의 힘 있는 눈을 주옵소서

천국을 바라보는 눈
메시아를 알아보는 눈 영분별의 눈을 주시어 은혜로운 삶을
누리게 하소서

간 과(看過)

진실이 왜곡되는 현장을 간과하지 마소서

자식이 부모의 수치(羞恥), 간과의 시선이 필요합니다

양심의 소리, 간과하지 마소서

칭찬은 간과보다, 칭송으로 맞서게 하소서

어미 새가 아기 새, 먹이 나르다 주는 아름다운 자태를 간과
하지 마소서

미움이 솟구치거든 사랑의 매를 드소서

때와 시기를 놓치면 걸림돌 되나니
간과는 미래 발목을 잡기라

미움은 간과 선행은 띄우기로 말판을 놓으소서

의인(義人)의 삶

불의를 보거든 건너뛰게 하시고

학자의 혀를 주시사
남의 흉을 말하지 말게 하소서

헛소문이 돌거든 의의 화살로 떨어뜨리게 하소서

허물은 의로 걷어 덮게 하시고

내 입술에 파수꾼을 세우소서

불의 흉 헛소문 허물을 간과(看過)하는 아름다운
의인(義人)의 삶을 살게 하소서

사랑의 달맞이

동녘 하늘에 둥근 달이 떠오른다
사랑이 만삭된 달인가?

온 세상이 모두 잠들 때 그대와 나 달맞이하자

부푼 사랑이 만삭된 달처럼 풍요로운 달맞이하자

달빛 사이로 흐르는
사랑의 오케스트라 들으며

달맞이 축제 만든다

탐스러운 저 달처럼
우리의 사랑의 만삭되어

웨딩마치 소리 들리길 기원한다

눈동자

무언가 전하려다 움츠린 눈동자 사랑 빛 눈동자

연민과 사랑의 눈빛이 양방향으로 흐르는 눈동자

내 님의 눈동자
아하! 불타는 눈동자여!

커피잔 마주 들고 무언가 던지는 무언의 눈동자
아하 애끓는 눈동자여!

미움이 그리움으로
속삭임이 내일의 언약으로

밀려오는 파도처럼 가슴 깊이 조각하는
아하! 갈망하는 눈동자여!

흘러가는 세월아

뒤돌아보지 않는 무정한 세월아

무얼 그리 바삐 달아나느냐

청춘도 떠밀어내고 서산 넘어 잘도 가는구나

꼬부랑 할머니 길 가다 신 벗겨져도

세월이는 힐끔 쳐다볼 뿐 오직 앞만 보고 못본 체 가는구나

나무꾼이 나무등짐 무거워 드러누워도
세월인 무정하게 달아나누나

지친 나무꾼 어둠에 깔려 길 잃을까 걱정된다 세월아

서산에 해님 넘어가기 전 풀피리 입에 물고 춤사위 한번
벌여 볼까?

추 억

나는 추억(追憶)의 메기를 잡으러 타임머신을 타고
과거로 돌아간다

추억의 파노라마가 어렴풋이 스쳐 간다

파노라마 속엔 사랑도 우정도 슬픈 사연도 환희의 빛깔도
아련히 떠오른다

추억!

인생은 추억을 먹고 산다 추억이 없다면
인생은 영혼이 없다

멋진 추억을 많이 만들어 가자 아름다운 추억의 메기를
잡을 때까지

자선냄비

부잣집 냄비엔 동태찌개가 부글부글 끓는데

자선냄비엔 돈이 수북이 쌓여야 하는데

자선냄비 외면하지 마오

자선냄비도 온정으로 지펴 주오 펄펄펄 끓도록

자선냄비를 사랑하는 이가 한줄의 글을 남긴다

그 물

바람은 그물에 걸리지 않습니다

하나님의 백성(百姓)은 재앙(災殃)의 그물에 걸리지 않게
하시며

하나님! 전도자(前導者)의 전(傳)하는 말씀의 그물에 갈 길
잃은 물고기가 그물에 가득 걸리게 하옵소서

그물의 물고기를 들어 올리는 기쁨 해산(解産)하는
여인(女人)의 기쁨이 되게 하시고 너를 헵시바라 하며
네 땅을 뿔라하는 칭호(称呼)가 내려지게 하옵소서

오늘도 그물의 심오한 능력이 임하길 원(願)하나이다

은 혜

한 줄기 희망(希望)이 은하수 강(江) 되어 흐른다

저 높은 곳에서 낮은 자에게 값없이 거저 주는 사랑

은혜 은혜로다

눈물강 건널 때 눈물범벅이 된 자에게

천성(天城)에서 내리시는 선물(膳物), 은혜

외로움과 번민과 슬픔 애태우는 나날

지친 영혼(靈魂)들의 위로의 손수건

아! 그것은 은혜(恩惠)
천성에서 내리시는 은밀한 사랑

은혜!
은혜 은혜로다

낙엽과 나목

가을바람에 낙엽이 날아간다

정든 임 두고 떠나나

떠나는 낙엽의 실체는 무얼까

난 이제 사명이 끝났소

임 곁에 있어 봐야 민폐요

나의 마지막 선물(膳物)은

단풍과 아름다운 눈요기와 세인들에게
정겨움 선물이요

잘 가시오 나의 절친
난 그대에게 영양보충 못 해주어
미안하오

난 나목이요 내 절친은 낙엽이라

가을바람 사이로 나목(裸木)이 낙엽(落葉)과 뜨거운 안녕

무언의 인사 나눈다

시온 산 연가

좁은 문으로 들어가자

경건의 훈련이 힘들구나

그러나 하늘 아버지의 음성을 새겨라

내가 거룩하니 너희도 거룩 하라

선한 싸움 다 싸우고
의의 면류관 내게 주리니

그 믿음 굳세어라

면류관 받아 쓰고
시온 산 어린 양 함께

십사만사천의 노래를
부르자
이 땅을 살면서 주 바라기 삶의 종착역은

시온 산이니 시온 산은
믿는 자의 노래

시온 산 연가라

봄의 발자국

푸릇푸릇 새싹이 나래 짓 한다

목련은 꽃망울을 터뜨려 하얀 미소 짓는다

담장은 개나리가 노란 미소 지으니

봄은 진달래 연분홍길에 봄 발자국 남긴다

봄의 전령사 아지랑이가 반짝반짝 너울거리며 봄날의
풍경화 멋지게 수 놓는다

골목길 꼬마 어린이들 고무줄놀이가 따스한 봄볕에 봄의
요정의 잔치로 변한다

귀 기울여라

봄의 발자국 소리를

동토에 갇혀 잃어버린 서정시가
봄의 발자국과 홀연히 들어낸다

도다리

한뼘이 약간 넘친 듯 앙증맞은 도다리

광어와 사촌인가 도다리

봄철에 도다리는 쑥국과 잘 어울리고

도다리의 액션

두눈을 흘기는 건지
시선은 약간 빗나가고
몸매는 단아한 넓죽이라

도다리!

귀염이 도다리
잊히지 않는 이름 도다리

도다리가 그리울 때

바닷가 연안 찾아
방문하리라

마을 이름도 도다리일까?

9월의 노래

브레이크없는 고난의 질주라지만 쉬어 가게 하소서

한번쯤 누리고도 싶은 나의 작은 욕망이랍니다

나 또한 행복하고 싶소

새가 새장을 벗어날 때 저 하늘은
행복의 비행장이라오

행복을 추구하는 모든 이들은 고달픈 일터에서 해방의 꿈을
꾼다오

그 꿈이 현실이오! 딜레마가 아니랍니다
두달 반이면 그날이 오기를 기원해 봅니다 해방의 그날이

존 경(尊敬)

아름다운 미덕이 향기를 내뿜는다

그윽한 향기가 온 고을과 이 강산에 진동하니 만인의
찬사로다

미덕에 이어 아가페 사랑이 뒤를 잇고 어진 행동이 동행하니

존경이란 탑이 되어 인정의 거리에 우뚝 서있다

존경(尊敬)!

흠과 티가 없다는 백옥인가?

에메랄드 보석 또한 시샘하겠지!

도덕이 무너지는 세상에 존경이 광채옷 입고 인정의 거리에
등장하니

혼자 두고 보기가 아깝더라!

사랑과 미움의 매듭

아름다운 언어 매듭
아름다운 언어적 공예라

사랑을 간직하고 싶어
사랑을 매듭의 공예로 표현한다

미움의 매듭은 어찌 풀리오

이 매듭 마음의 앙금이 쌓였나니

어찌하리오
솔로몬의 지혜 주옵소서

미움의 매듭
사랑의 손을 내밀어
화해로 매듭을 풀게 하소서

사랑은 아름다운 매듭의 공예를
미움의 매듭은 풀어져 아름다운 삶에 하모니 되게 하소서

사랑이 수놓는 밤

달빛 모아 사랑의 주머니 달아주고

별들의 노래 들으며 청춘을 노래한다

사랑의 손깍지 끼고 얼굴을 마주 보니

사랑의 전류가 흘러 마음과 마음으로 내를 이룬다

애틋한 소망을 담아 기도드리니 하늘의 별들이 합창을 한다

사랑은 오색 찬란한 수를 놓으며 아름다운 밤을 스케치
하나니

별보다 아름다운 사랑이여

아름다운 연인들 가슴에 영원히 머물러라

가 지

예수여!
평강(平康)의 왕으로 예루살렘에 입성(入城)하시니
○○교회가 종려가지 흔드나이다

저희가 준비한 나귀 새끼 타고 입성하소서

승리의 꽃말처럼
뱀의 머리를 밟고 승리(勝利)하소서

예수여!
정복(征服)의 꽃말처럼 재림예수로
새 예루살렘의 주인으로 다스리소서

예찬교회가 종려가지 흔들 때 승리의 영감(靈感)을 얻게
하소서

종려가지가 예찬의 권속(眷屬)들 손에서 떠나지 말게 하소서

종려가지를 손에 들고 첫째 부활(复活)에 참여(參與)하게
하소서

도도새

도도새 날지 못하는 새

도도새를 위해 날개가 되어드립시다

도도새 청년들의
희망을 주는 마중물이 되어드립시다

신앙의 도도새에게
은혜로운 간증담을 들려주어

신앙의 도도새에서
창공을 나는 독수리 신앙인으로

거듭나도록 희망을 줍시다

도도새
날지 못하나 도도새 날기를 원한다

독수리처럼
멋진 창공을 힘차게 날으렴

도도새 넌 희망을 가져라

내 삶을 노래하리라

나의 나 된 것은 다 주의 은혜라

내가 어둠속에 갇혔다면 빛의 세계를 알 수 없으리라

빛은 하나님이여 하나님은 말씀이시라

곤고와 궁핍과 병마가 날 회유하여도

내가 굴하지 아니하면

날 구원하신 이가 고난과 수난 속에서 날 건져 주시리라
믿음의 확신이 있기 때문이라

소망의 줄을 부여잡고 생명을 노리는 어둠 세력에 굴하지
않음이라

이제 먹구름이 벗어났으니

보라! 은혜로운 세계가 열렸도다

나의 나 된 것은 주의 은혜라
그 은혜 갚으러 나의 일생을 주를 위해 바치리라

나의 나 된 것은 주의 은혜라

매화가

매화가 3월이 되니 온라인 속에서 아름답게 피었네

화가가 그림을 제아무리 잘 그린다 해도 실물인 매화보다

나을 순 없다

실물 매화는 창조주의 작품이기에 더더욱 그렇다

세상에는 실물작과 위작이 있다

조물주는 실물을
인간은 유사품을 만들 뿐이다

삼월의 온라인 속에
매화를 보며
창조주 깊은 뜻을 되새김질해 본다

아름답고 찬란한 매화처럼 우리 가정에 미소가 가득하길
기원해 본다

온라인 속 매화꽃을 보며

찻 잔

모락모락 피어오르는 찻잔

바라보기만 해도
미소 지어진다

찻잔 위에 모락모락
피어나는 것은 영혼의 예술인가

무얼 그리며
찻잔 위에 피어오르나

잠시 후 반갑 님 맞으니 모락모락의 예술이 더욱 멋지다

찻잔은 그윽한 사랑도 불러들이나

찻잔은 무언의 예술 언어인가

나의 엑소더스(exodus)

나의 엑소더스시여!
감사하나이다

내가 성경의 지식이 없어 주의 뜻을 알아보지 못했나이다

보기는 보아도 맹인으로 살아온 나날들이 부끄럽나이다

주는 자비하셔서 날 깨우쳐 주셨으니 성경의 문외한에서
나를 탈출시킨 엑소더스 성경탈출기나이다

나의 엑소더스 씨여 나를 진리 가운데로 인도하소서

내가 주야로 천상문을 향하여 미소 짓기도 하며 늘
동경해왔나이다

나의 성경 엑소더스 씨여 날 무식에서 출애굽 시켰으니 무한
감사드리나이다

난 엑소더스의 인도받아 벧엘에 돌단을 쌓고 주께 감사와
찬미의 제사를 드리렵니다

사랑합니다
나의 엑소더스 씨여

흙

흙에서 태어나 흙을 노래한다

흙에다 미운 정 고운 정 수많은 사연들을 심기도 한다

이웃집 돌이는 돈 벌어 땅을 사고 동네 사람들은 곡식 심어
풍년이라 함박웃음 꽃피운다

흙은 진실을 심고 노력만큼 거둬들인다

들녘에 황금 물결치니 참새 떼가 노래하나
허수아비는 눈 흘긴다

고구마 한이랑 무우 배추 한이랑 농작물로 겨울을 준비한다
흙에서 만들어낸 내 걸작이로다

난 흙의 사람이라
도회지는 날 도외시해도 고향의 흙은 미움도 감정도
다 품는다

언젠가 난 흙으로 돌아가오 내 나이 꽉 차면 백발하고 돌아가오
나 흙으로 돌아가면
고향의 흙 한삽을 가져다가
내 무덤에 살포시 덮어주오

어느새

내가 좋아하는 새
어느새

삶을 노래하는 새

고난에 떨 때 기다리는 새

고난의 계절아
어서 지나가라
기도 하노니

어느새
고난의 새는 날아간다

뒤돌아보지마 새
고난은 힘들게 하는 폭군이니

힘들거든 이렇게 불러보라

그리운 새
그 이름은 어느새
이 또한 지나가리
어느새

멋지게 찾아든 사랑

파도 타고 오신 당신

멋진 왕자님

해변의 여인네 가슴엔 파도가 인다

바람에 업혀온 내 님은

시원한 바람 같은 사연 속삭이고

눈 부신 태양 빛 사이로 오신 당신

알콩달콩한 사랑 한 움큼 펴 보이소

아름답고 사랑(愛)하며 향기롭고 넉넉한 사랑 내 사랑에게 모두

주오리다

인생 회고록

지나온 추억의 발자취를 따라
난 세월의 펜으로
인생을 회고한다

인생의 폭풍우 견딘 나날 찬란한 저 하늘의 별이 되어
세상을 응시하고

훼방과 길목의 덫이 날 힘들게 하지만
하늘의 지혜를 빌려
뛰어넘었다오

살아온 세월속의 내 모습 떠올리며 때론 눈물 훔쳤지

쓴웃음 속 알토란 같은 성공의 결실이
내 인생 회고록에 금자탑 되었네

모진 고난 모진 눈물 모진 세월 모진 풍파 견뎌낼 때 내 인생의
회고록 저 하늘이 별이 되리

침 묵

진리와 비진리가 혼돈 속에 빠져 작은 공동체가 어지럽다

모순된 일들이 뉘우치지 않는 한심한 세상을 물끄러미 쳐다만
본다

작은 공동체가 몸살을 앓으며 괴로워한다

권세 가진 자가 참회하지 않는다

공동체의 신음이 창밖에 들린다

침묵의 시간이 흐른다

참회없이 평화는 오지 않는다

침묵(沈默)!

진실과 부도덕이 잠잠해지길 의기소침 속 침묵은 당분간
지켜만 본다 침묵의 틀은 언제 깨어날꼬

해 방(解放)

눌렸던 새가 짓누르는 압박의 틀을 깨고 벗어나려 한다

해방!
누구나 꿈꿔 오는 세상(아이 좋아라)

벗어나고파 날아가고파
우리 한번 창공을 자유롭게 날자꾸나

새는 새장에
가축은 우리에
인간은 자아의 틀에 갇혀야 하나

외형도 내막도 날아가고파
자유만의 세계로

날개 잃은 천사도
주의 영을 힘입어 날아가리

모두 다 날아가리
모두 다 행복하리
모두 다 자유로우리

황혼열차 VS 천국열차

청소년들이여 청춘열차는 반드시 타십시오 천국열차 티켓을
위해 열심히 사십시오

장년들이여! 천국열차 사모하고
지옥열차 타지 말며

황혼열차는 늦게 타십시오 늦게 탈수록 좋습니다

장년들이여! 천국열차 사모하고
지옥열차 타지 말며

황혼열차는 늦게 타십시오 늦게 탈수록 좋습니다

이번 귀성열차는 타는 게 좋습니다 인생을 살면서 추억을 많이
간직하십시오

망향가 타령보다
귀성열차가 좋고 황혼열차 오래오래 신나게 타다 천국열차
타고 주님 앞에 가십시오 감사합니다

공수래공수거 (空手來空手去)

인생은 공수래공수거
빈손으로 왔다 빈손으로 간다

그렇다고 팔짱 끼고 바라보며 맘 내키는 대로 살다 가지 마세요

호사유피(虎死留皮) 인사유명(人死有名)

호랑이는 죽어서 가죽을 남기고 사람은 죽어서 이름을
남긴다

신앙적으로 본다면
무슨 이름을 남기나?

1) 받은바 직분 이름
2) 흰 돌이라는 새 이름 받아 영원히 새 예루살렘에 집 벽에
새 이름을 새겨라
3) 생명 책에 록명

성도 여러분의 이름을 록명 되길 주 예수의 이름으로
축복합니다

글들의 잔치

글이 살아 움직인다 글이 살아 움직인다면 그 글은
영혼을 입고 우리 세계에 날아든 걸까

천성에서 내려오는 하늘의 지혜로 글 속에서 씨줄과 날줄로
만나 아름다운 시어들을 만들어낸다

시어들이 살아 움직인다 생명을 불어넣는다 아름다운 숨결이
되어 인간들 가슴에 내려앉는다

보석이 아름답지만 시어들이 모여 영혼을 노래하니
글들의 잔치가 열린다

사랑의 시어 은혜의 시어 찬양의 시어 모두 모두 글 잔치에
재롱을 떤다

글의 춤사위냐 글속에 펼쳐지는 퍼포먼스냐 어찌 보석
같기만 할까

마음의 곳간

영혼의 양식을 저장하는 마음의 곳간 되게 하소서

정금보다 빛나는 선한 양심을 마음의 곳간에 쌓게 하소서

분쟁의 불씨는 마음의 곳간에서 방출하는 지혜를 주소서

믿음의 곳간에 의로움 순결함 거룩함을 쌓아두게 하소서

마음의 곳간 문은 선한 사업 위해 열게 하소서

마음의 곳간 열쇠는 주의 은혜이나이다

불의한 일에 의의 병기를 동원하사 불의한 세력을 밀어내게
하소서

마음의 곳간에서 선한 영향력을 꺼내 의의 병기로 사용하게
하소서

마음의 곳간이 주님의 지혜 창고 되게 하소서

은 혜

은혜받은 자는 지갑을 열어야 교회가 부흥합니다
여러분이 은혜받는 도구 되소서

은혜의 주역이 되소서 은혜로 일평생을 사소서 은혜를
갈망하고 사모하나니
주는 은혜를 갈망하는 자에게는 아침이슬 내리듯 은혜를
내리시리로다

주는 은혜의 근원이시니 오늘도 아침이슬처럼 은혜 내리소서

은혜 따라 말씀 따라 일평생을 은혜속에 살으렵니다 오늘도
은혜의 고향 집 찾아가게 하소서

12월엔 행복하세요

12월엔 행복하세요 연말 결산해야 하니까요

행복이 모자라면 행복을 대출받아 채워보세요

가정의 행복 이웃의 행복 그대의 발길이 머무는 곳에 행복을
나누세요

행복이 모자라면 대출하여
채우세요
잔고 부족이라면
신용대출로 채우세요

12월엔 무조건 행복해야 하니까요

세모를 바라보며
그냥 갈 순 없잖아요
행복의 지갑을 여세요
행복의 하트를 날리세요

어두운 곳에 손을 내미세요
희망의 통로가 되세요
12월엔 행복하세요

12월엔 결산해야 하니까요
12월엔 행복해야 하니까요

아름다운 아침을 여는 남편의 편지

금쪽같이 귀한 미래의 선교사 사모님

당신은 나의 동반자요 조력자요 협력자요 길동무입니다

같은 뜻 같은 마음 같은 생각으로 우리 부부에게 주어진 시간을
지혜를 동원해 잘 쪼개 써서 아름다운 행복을 연출합시다

지나간 날들이 추억속에서 수정같이 빛나길 앙망하며
다가오는 현실을 힘을 모아 영특한 지혜로 풀어갑시다

소중한 시간이 우리 곁을 스쳐갑니다
사랑의 눈길로 생긋 웃는 미소 온화한 자태로 성실을 동원해
아름답게 맞이하며 가꿔갑시다

부부가 꿈꾸는 세상 함께 가는 신앙 여정 둘이 걷노라면 감회도
찬란한 추억도 쌓여갈 것입니다

남은 인생 동반자로 내게 와 줘서 감사합니다 내게는 당신이

필요합니다

필연으로 맺어진 아름다운 선물 당신은 내 사랑 내 아내입니다

사랑합니다

사랑하는 아내에게 아침편지 띄웁니다

행복한 날 만들어 갑시다

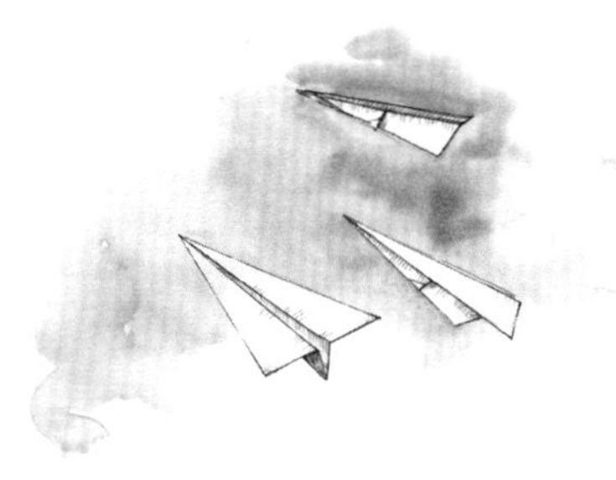

새 날

어두운 그림자가 사라져 간다

밤새 신음하던 근심이 새날이 오니 달아나누나

죄로 물든 밤도 사라져가고 증오와 애증도 갈등도 사라져
간다

먼동이 트니 새날이 찾아든다

새날을 맞기 위해 얼마나 몸부림쳤던가

눈앞에 펼치는 새날이 사막의 오아시스 되어라

새날이 빈속의 해장국 되어 에너지 되어라

날아라 저 푸른 창공을 꿈을 갖고 날아라

환희의 바람결에 내 맘 싣고 날아라

새날이로다

은혜로운 날이로다

벅찬 가슴 열고

꿈과 낭만과 희락을 가득 싣고 멋진 하루를 열어가리라

길동무

인생길 걷다 보면 외로운 솔개 바람 불어온다오

가는 길이 적적하면 반겨줄 길동무 찾으시구려

인생길 가는 동안 이정표가 안보이면
길동무에게 물어보오

행여나 길 가다가 갈증이 나거들랑 사랑의 청량음료 꺼내 들고
주거니 받거니 길동무와 화답하오

노잣돈 떨어지면
주택연금 찾아서 인생길 노잣돈하고

가다가 적적하면 수필로 과거사 흔적 남기고 풀피리로
연주하며 지난날 회상하오

길동무 피곤하면 하모니카 연주로 피로 풀어주고

인생길 걷다 보면 두고 온 건 잊으시고
남은 일정에 올인하오

산장에 불빛이 보이거든 길동무와 휴식 취하고 지난날
회상하며 날밤 지새시오

세리머니

고단한 감내가 결실로 찬란히 빛난다

모든 이는 최후의 승자 되길 갈망한다

온갖 굴욕도 시련의 담금질도 마다하지 않는다

인생의 대장간 쇠붙이가 모진 진통 끝에 옥보석 명인으로
만들어 간다

자 떠오르는 태양을 보라 동해에서 일출의 모습을

고진감래 삼키며 살아온 나날에 대해
보상이나 받은 듯

출세 가도에 최고점 찍으니 몸체로 세리머니 날린다

웃음꽃

새는 울어도 눈물이 없고 꽃은 피어도 소리 없건만 웃음꽃은
특유의 기쁜 소리 자아낸다

꽃들은 아름다움으로 시선을 자극하나 웃음꽃은 하나 더
소리로도 기쁨을 자극한다

꽃들은 트인 공간에서 폼을 내지만 웃음꽃은 시공간을
초월한다

시각장애인은 꽃을 볼 수 없다지만 웃음꽃은 청각으로 본다

각종 꽃길 따라 행복을 그리며 산책하나 웃음꽃은 독특하게
가족과 지인이라야 볼 수 있다

사계절 꽃길 따라 사신다면 난 웃음꽃속에서 영원히
살고파라 시를 읊겠소

산책로

생을 살아가는데
힐링은 때론 필요하다

벅차오른 일 마무리 하다 보면 힐링 공간이 절실히 그립다

산소들이 구름처럼 몰려들어 산책로를 수놓으며 반긴다

행복의 동산을 일곱 바퀴 돌고 나니
웃음꽃이 활짝 피어난다

첫날 인생의 산책로 마지막 장식을 위해 서비스로 한바퀴
더 돈다

힐링의 고점에서 웃음꽃은 또 한번 자지러진다

산책로!
둘만의 공간에서 한작품을 그릴 때가 가장 멋지다

사랑의 폭소 희열과
에너지 충전 이런 원소가 산책에 가득 차다

번민과 외로움 털기를 산책로에서 말끔히 해결한다

산책로!
일곱 바퀴와 서비스 한바퀴의 극치

사랑의 폭소 희열과
에너지 충전 이런 원소가 산책에 가득 차다

번민과 외로움 털기를 산책로에서 말끔히 해결한다

산책로!
일곱 바퀴와 서비스 한바퀴의 극치

하 루

하루가 광속도 타고 떠난다

지칠 줄 모른다 무엇이 그리 급해 광속으로 달리나

다가오는 한세기 바통 넘기려 달리냐

하루는 24번 고개 넘고도 지치지 않는다

분당 60바퀴 구르며 달리는 노루 사슴 비웃는다

하루가 말한다 하루는 하루일 뿐 내일은 없단다

시한부 하루지만
숨은 돌리고 뛰어라

슬픔과 고통 찌든 가난 아픈 추억 실어 화평의 바다에
던져라

하루를 86,400초로

나눠 써라 하루는 하루고 내일이 없으니 그날로 족하라

하루하루 산다지만

희망의 줄 놓지 마라 숨겨진 하루가 손 내밀어 터치한다

하루는 또다른 하루를 불러들인다

마이동풍

마이동풍(馬耳東風)

귓가에 부는 동쪽 바람 아무리 좋은 소리도 귀담아듣지 못해

바람처럼 스쳐간다

개그로 펼쳐보자

　　　해석하자

마이달 풍(風)

마이달이란 영어로 나의 달이다 내 달이 바람처럼 스쳐간다

해석하면 내가 한 말이 내 달처럼 바람결에 스쳐가나

귀담아들어라

성경을 인용하면

성령이 교회들에게 하는 말씀을 들을지어다 마이동풍

하지 마라 마이달 풍이라 읍소 하지 마쇼

믿음의 방울 소리

바쁜 걸음 내딛는 분주한 당신 믿음의 방울 소리입니다

간구와 기도와 도구를 두손 모아 드리는 아름다운 당신 믿음의
방울 소리로 들립니다

교회 구석구석 사랑의 손길을 펼치는 당신 아름다운 믿음의
방울 소리입니다

헌신 예배를 주도하며 아름다운 찬송의 키를 지휘하는 당신
믿음의 방울 소리입니다

고아와 과부 이웃 섬김이 온 동네 사랑의 바람을 몰고 다닌
당신 믿음의 방울 소리 울려 퍼집니다

밝은 얼굴로 교우들을 대하는 당신 천성의 성품을 닮은
믿음의 방울 소리입니다

인생방아

외로운 인생방아가 희로애락 싣고 돌아간다

세상사 온갖 사연 싣고 돌아간다 그대의 인생방아도 잘 돌아
가는가

쓴웃음 버리고 밝은 웃음 지고 인생방아 돌려라

시련의 폭풍우가 불어닥쳐도 내 사랑의 인생방아는 아랑곳
하지 않는다

백골이 진토 되어도
내 사랑의 인생방아는 변치 않고 잘 돌아간다

사랑하는 사람들아 긍정적인 마인드로 인생방아를 돌려라

부정의 이미지를 털고 난 다시 태어나

밝은 미소 짓고 인생의 금자탑 꿈꾸며 난 인생방아 돌리며
삶을 노래하리라

바람개비

성령의 바람이 불게 하소서

은혜의 바람이 사랑의 바람이 기도의 바람이 전도의
바람이 불어와 바람개비를 돌려주소서

저 혼자는 감당 못하나이다 저 홀로 내버려 두지 마소서

성령께서 바람되어 돌려주옵소서
오색 찬란한 바람개비 되어 주의 영광 나타내 주시옵소서

당신의 바람개비로 살으렵니다

독거미

독거미는 독이 들어 있어 나쁜 쪽 기억으로 강한 인상을 심어
주고 있다

독거미를 어떻게 다루어야 순한 인상을 주는지 난센스 개그를
동원해 풀어보자

독이라는 글자의 독에서 점 하나를 빼자 그러면 득이라는
글자로 변한다 득이라는 글자에 거미 명사를 붙이자
그리하면 득거미가 된다 독이라는 글자에 점 하나를 뺀
덕택이다

독(毒)거미가 득(得)거미로 신앙을 통해 변하는 모습을
관찰하자 독거미는 악을 행하는 자이다 독거미같은 인성을
가진 자가 예수를 믿어 변하여 새 사람이 되었다면 독거미가
이젠 아니다

변하여 세상에 빛과 소금의 역할을 했다면 그는 독거미
별명을 떼어 주어야 한다 독거미, 새 사람된 득거미는

호칭을 바꿔줘야 한다

개그를 통해 독거미 기분 나쁜 명칭을 선으로 돌려놓았다

점 하나를 빼서 득거미 예수를 믿고 새 사람된 득거미로
변한 유머와 신앙으로 독거미를 접근해 보았다 이 글을
읽는 독자층에 도움되길 빌며 독거미 개그학을 마칩니다

날 개

재미있는 날개 표현

천사의 날개가 꺾이면 못 날아갑니다
참새도 그렇습니다

박쥐는 날개가 꺾이면 발로 걸어갑니다

돕는 날개를 귀히 모십시오

날개가 없으면 불행한 것입니다 불행할 때 돕는 이는
미카엘 천사입니다

우리의 수호천사 미카엘이 함께 하시길 축복합니다

날개가 꺾이지 아니 됩니다 꺾이면 좋은 것은 교만입니다
교만의 날개를 꺾으세요

여러분이 주문해야 할 날개는 찬송과 기도의 날개입니다

찬송과 기도의 날개를 답시다

끝으로 전도의 날개를 달고 안양도성(安養都城)을 복음화
시킵시다

내게 달아준 전도의 날개여! 영원하라!

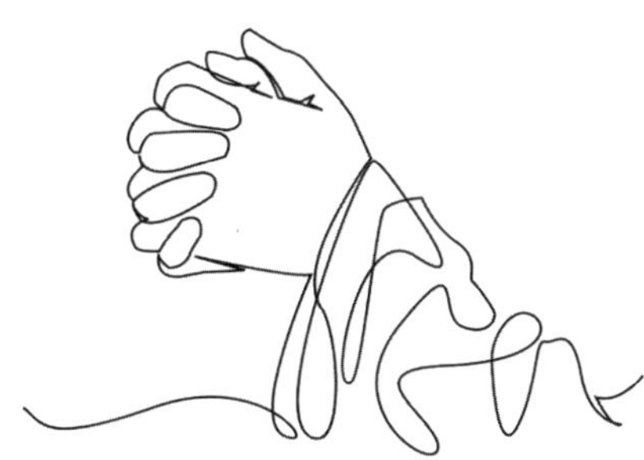

바 람(風)

은혜의 바람이 불어온다
성령의 바람이 불어온다
골고다의 사랑의 바람이 불어오다

세상엔 죄의 바람이 춤바람 늦바람이 불어닥쳐 환난의
바람으로 역습하나

주께서 광풍을 순풍으로 바꿔 놓으시도다

성도여! 두려워 말라
보라! 은혜 바람이 불어온다
보라! 복된 바람이로다

너희가 죄의 바람 타락의 바람에서 비껴가

그리스도의 품으로 돌아오라

그리스도의 뜻은
그리스 언어에서 기름을 부은 자로 사용되고 있다 메시아다

늦가을의 정취

단풍옷을 벗어 던진 나목 사이로 늦가을의 정취가 느껴진다

외로운 고뇌를 곱씹으며 외로이 늦가을 입동의 뒤안길로
사라져간다

낙엽 따라 사랑도 늦가을도 떠나간다 가을의 철새도 덩달아
남쪽으로 떠나간다

초등 꼬마들이 노란 양탄자 은행잎을 밟으며 늦가을의 정취를
즐긴다

어디선가 들려오는 가을이 가면 겨울이 온다는 메아리와
함께

늦가을의 정취는 입동속으로 사라져 간다
행복의 씨를 함께 뿌리며 신앙과 믿음으로 가꾸니 미래가
행복할 것입니다

내 사랑 아내에게

샬롬!

주님의 충만(充滿)한 은혜(恩惠)가 내 사랑 아내에게 함께
하길 문안드립니다

힘든 결정(結定)해줘 고마워요 사랑합니다 감사합니다
전 많이 부족합니다 그런 나에게 찾아줘 감사(感謝)합니다

택해준 것 자체가 주의 은혜입니다 실망(失望)시키지 않도록
열심히 섬기겠습니다

주께 하듯 아내를 섬기라 그러면 가정(家庭)이 행복하다 주님
말씀하십니다

아내 말에 경청과 소통으로 화목(和睦)을 가꾸어 가겠습니다

미쁘다! 평강(샬롬)이여! 나의 눈물에 위로가 되었나니
나 역시 아내의 눈물 닦겠나이다

웃음 지으며 주를 위해 사는 삶이 지나온 삶을 합쳐 내 주께서
백 세를 채워 주실 것입니다

할 일 많은 주의 일(宣敎) 맘껏 누리며 아내를 행복하게 하소서

도요새

강줄기 따라 산책을 좋아하는 도요새 보면 볼수록 넌
아름답구나

도요새! 앙증맞은 도요새
솔바람 불어오면 강가에 두둥실 헤엄을 즐기고

뛰놀다 작은 물고기 만나면 낚아채 삼키고 모래밭에서
휴식을 취하누나

도요새
아름다운 강가의 비밀을 아름다운 추억을 화폭에 담아보렴

도요새
너만이 갖고 있는 신비의 노하우를

은혜의 잔

연약한 내게 생수를 부으시옵소서

나의 빈 잔에 은혜를 채워 주소서

받은 바 은혜가 파도를 일게 하시며
온 땅에 주 은혜 꽃 피게 하소서

은혜의 파노라마 속에 저희를 끌어들이소서

은혜의 잔 한잔 따라
소외된 이웃에게 또 한잔 따라 길 잃은 방랑자에게 또 한잔
따라 타락한 영혼에게

내 은혜의 잔이 아름답게 쓰이게 하소서

주께서 보잘것없는 이 종에게 은혜를 쏟아부으니 내
은혜의 잔이 넘치나이다

도레미파솔라시도 詩

도: 도적같이 임하는 주님의 때를 준비하렵니다

레: 레위인 같은 거룩한 제사장으로

미: 미련한 다섯 처녀보다 슬기로운 다섯 처녀의 삶으로

파: 파도치는 유혹의 강을 무사히 건너게 하소서

솔: 솔로몬의 지혜를 내 주여 주시옵소서

라: 라합과 같은 믿음으로 주를 섬기게 하소서

시: 시험을 통과한 예수 님처럼 살게 하소서

도: 도탄에 빠져있는 무리를 구원하는 축복의 통로로 쓰임
받게 하소서

멋지게 찾아든 사람

파도 타고 오는 당신 멋진 왕자님

해변의 여인네 가슴엔 파도가 있다

바람에 업혀 온 내 님은 시원한 바람같은 사연 속삭이고

눈부신 태양 빛 사이로 오는 당신 새콤달콤한 사랑 한움쿰
펴 보이소서

아름답고 애틋하며 향기롭고 넉넉한 사랑 내 사랑에게 모두
주오리다

봄의 풍경

노고지리 노래손님 창 넘어로 봄을 일깨운다

노랑나비 유채꽃밭에 놀다 잠이 들면 아지랑이 너울거리며
대신 춤춘다

보릿잎 뽑아 물고 풀피리 불어대면 개나리가 씽긋 웃는다

봄처녀 냉이 뜯다 설레는 가슴 감추려 옷고름 다시
조여 맨다

봄은 춘화현상을 타고 얼음장 밑을 지나 한라산 등산을
떠나누나

부부는 배구다

부부를 배구로 비유해본다

부인이 띄워주면 남편이 강스파이크한다 호흡이 척척
맞아야 가정이 잘 돌아간다

잘못된 가정의 배구(排球)
아내가 공을 혼자 띄우고 온갖 열등감(劣等感)을 남편에게
스파이크하면

남편이 기(氣)를 잃어 가정에 대한 의욕을 잃는다
아무 때나 아무 곳이나 강스파이크해선
안된다

부인(婦人)이 띄워주고 남편(男便)이 강스파이크하는
부부상(夫婦像)이 건강(健康)한 가정(家庭)이다

부부는 배구다 짤막한 칼럼 보내드립니다

갓 블레스 유(God bless you)

은혜의 샵에서

은혜의 샵에서 복음을 전하는 복음의 사역자들과 밥 퍼
봉사로 불우이웃을 섬기는 구제사역 봉사들과 고민상담
신앙상담 상담사역자들 위해

하나님의 충만하신 사랑과 은총이 귀한 사역자님들 머리 위에
영원토록 머물기를 기도합니다

저 멀리 뵈는 나의 시온성 복음의 빛 비추나니 죄 아래서 즐거이
춤추는 밤의 불나방들이

요나의 전도를 받고 회개하고 돌아와 세례를 받고 생명의
부활로 구원받기를 원하노라

신자여 은혜 아래 뛰어놀자 신자여 믿음생활 바로 하자
신자여 그리스도의 몸된 성전을 사랑하며 섬기자

구원이 선포되었나니 복음의 길에서 주의 영광 밝은 빛
찬양하며 신앙의 피날레를 장식하자

오호라 구원의 문이 열렸도다

오호라 구원의 열차에 올라타자

오호라 구원의 날이로다

오호라 구원받고 천국 가자

오호라 은혜의 숍에서 구원과 영생을 사자

사랑 낚기

아름다운 사랑을 비단결에 스케치하고 사랑의 수를
놓는다

때론 사랑의 큐피드의 화살로 사랑의 과녁을 겨눈다

사랑은 애틋함으로 사랑을 사로잡을 수 있고 인내 또한 필요
하다

애절함과 임 그리워하는 마음이 강물되어 흐를 때
사랑은 포위되어 낚인다

빈 낚싯대일지라도 사랑이란 물고기가 낚일 때까지 인내를
투자하라 사랑이 낚이리라

고향 땅

고향 땅 그리워 흙 한줌 만져보고

대문을 열면서 싸리문이라 착각한다

세월이 강물되어 흘러가 소년은 노인이 되고

뒷동산에 올라가 망향가 부른다

내 돌아가 보릿잎 따다 풀피리 불고 싶다

냇가의 하얀 조약돌 주어다 긴 머리 소녀에게 주던 추억을
더듬어 꺼내본다

나 그리워라
꿈속에 아른거린 정든 고향 땅이여!

옥돌메[1]

달빛이 미소 짓는 밤입니다

시름에 잠긴 옥돌메!
무엇이 가슴을 후벼 파 고민의 파스를 붙이나

괴롭다! 나이스한 삶은 나에게 사친가

옥돌메여 그렇다 하여 아스팔트에
다이빙하지 말라

다이빙이 네 소원이라면? 건물 뒤 잔디밭에 다이빙하지

서러운 옥돌메의 삶 누가 대신 살아주랴

옥돌메!
예수를 알았다면 무모한 다이빙은 선택하지 않았으리

가엾은 옥돌메

---

1) '옥상에서 떨어진 메주'의 줄임말이자 비속어

저 별속의 내 님

저 별속에 내 님이 있다
무언의 대화를 즐기는 내 님

따스한 심정으로 대화를 청한다
거리가 멀다고 가까이 보려고
내 집 창가 하늘의 별로 다가왔다

바람이 스쳐간다 귀기울여본다 혹시나 바람 편에 예쁜
맘을 전하나
바람 소리일 뿐이다

내 님은 밤하늘 창가에서 미소 지을 뿐이다
저 별속의 내 님은 무언의 대화를 즐긴다

선한 물결

선한 마음에 돌봄이란 내가 흐른다 의로운 냇가에 띄운
사랑이 흘러 흘러 미덕의 바다를 이루고

착한 말 한마디가 성난 파도를 잠재우고 양보라는 미덕에
감동이란 물결이 친다

자아를 잊고 남을 챙길 때 따뜻한 온기가 흐른다

영창으로 스며드는 달님의 미소가 위로가 되고 희생으로
내디딘 발자국마다

행복이란 웃음꽃이 내 주위에 만발하게 피어나리라

쓴 뿌리

옛 동산의 아련한 추억

칡뿌리 캐던 어릴 적
지난날 옛 추억

해맑은 소년은 어느덧 인생길 6학년이라오

그러나 아직도 해결되지 않은 내 맘에 찌꺼기 쓴뿌리

기도의 도구로 내 영혼 다듬게 하소서

내 마음속에 잠입한 쓴뿌리 캐내게 하소서

쓴뿌리가 주의 영광 가리니 잘라내게 하소서

악독을 죽이는 복음의 방사선으로

성령의 불길로 태우소서

쓴뿌리가 사라진 곳에

성령님 거할 처소 삼으소서

살신성인(殺身成仁)

나의 몸을 드리니 주의(聖徒)로 태어나게 하소서

칠흙같은 세상 이 한몸 헌신으로 어둠을 밝히게 하소서

패륜과 자기오만과 배려없는 세상의 존경받은 생을 살게
하소서

거짓이 난무하니 진실이 빛을 잃는도다

북방의 광풍과 다케시마 해일이 한반도 쓰나미였나이다

험난한 세파가 자유대한을 엄습해도 살신성인으로 내
조국을 떠받들게 하소서

남을 위해 삶을 노래할 때

월광곡 소나타는 이 땅의 행복과 평안을 수 놓는다오

살신성인
우리들 가슴에 영원히 새기게 하소서

열 정(熱情)

열심보다 크게 느껴지는 열정

열정 갖고 신앙하게 하소서

저 책상 위에 불밝이 촛불은 졸지도 아니하고 내 작은 공간을
비추나이다

비추고 비추나 몸살 나 촛농을 떨구나이다

저 촛불의 열정을 바라보며

내 신앙의 열정을 쏟게 하소서

열정으로 열정으로 열정으로

내리고

경제가 어렵구나
물가는 내리고가 희망 사항이다

비행기에 탑승했으니 내리고만 남았다 옳은 말이다

음이 너무 높단다 한 단계 내리고

신앙은 내리고가 아니다 반대이다 올리고이다

성령의 단비는 내리고 아멘 맞기를 원하나이다

하나님께서 기도 줄을 내리고 아멘 내려 주옵소서

은총은 내리고 아멘입니다

벌은 내리고?
아니 됩니다 상은 내리고? 아멘입니다

노아 할아버지 기도 사항입니다

연금은 내리고 아니 되옵니다 올리고로 정정해주세요

담 보

소도 언덕이 있어야 비빌 수 있고 인간은
시드머니(종잣돈)가 있어야 창업을 할 수 있나이다

내게 시드머니를 주소서 내게 담보를 주소서 내게 지혜의
담보를 주소서 내게 형통의 담보를 주소서

성공으로 달리는 마지막 열차를 타고 싶나이다

가진 게 없사오니 내게 담보를 주시어 그 꿈 이루어
주옵소서

욥기서를 읽는데 담보란 언어가
떠올라 담보란 시를 써본다

익어가는 가을

푸릇푸릇 새싹이 기지개 켠다
새순으로 출발한 풀과 나무 그리고 인생의 봄
뙤약볕과 폭풍의 시련의 강을 건넌 후 코스모스와
고추잠자리가 반긴다

인생도 격변하는 격동기를 떠나 보내고
아들 딸 자식은 제 짝 찾아 강남에 간다
이제 남은 건 외로이 노부부만 가문의 전승을 지키며
빼꼼히 싸리문만 바라본다
행여나 코스모스가 손을 흔들며 미소 짓지 않나
싸리문 열고 달려올 것 같은 아들 딸 손주들을
마냥 그립니다

들판은 황금 물결치고 들녘은 허수아비가 지킨다
인생의 가을은 골패인 주름살과 허옇게 물들어가는
흰 머리카락과 함께 가을은 소리없이 익어간다

눈동자

무언가 전하려다 움츠린 눈동자 사랑빛 눈동자

연민과 사랑의 눈빛이 양방향으로 흐르는 눈동자

내 임의 눈동자
　아하! 불타는 눈동자여!

커피잔 마주 들고 무언가 던지는 무언의 눈동자
　아하! 애끓는 눈동자여!

미움이 그리움으로
　속삭임이 내일의 언약으로

밀려오는 파도처럼 가슴 깊이 조각하는
　아하! 갈망하는 눈동자여!

민들레

가냘프지만 아름다움을 선사하기 위해 태어난 민들레

노란 함지박 웃음으로 세상을 품는다

민들레의 그윽한 향내가 인근의 벌들을 불러들인다

사방팔방에서 찾아든 민생들이다

민들레가 원기를 다하자 사랑의 홀씨되어 낙하산 펴고
떠날 준비를 한다

소외된 이웃에게 사랑을 전하러 바람 타고 멀리 멀리
흩어진다

체불 은혜

인류의 죄악을 담당하사 예수께서 십자가에
달리셨나이다

주님의 십자가가 내 생명 살리셨나이다

주는 은혜와 사랑을 베푸셨으니 저는 빚 진 자 되었나이다

이 빚을 어찌 다 갚으리오

나의 몸과 영혼까지 주를 위해 드리게 하소서

체불 은혜!

내 평생의 신앙하는 동안 결초보은 되어
순교하기까지 갚으렵니다

십자가 사랑 체불 은혜 이 생명 다해 다 갚게 하소서

체불 은혜 잊지 말게 하소서 그 사랑 그 은혜 언제 다
갚으리오

구 슬

아름다운 꽃 구슬이 온천지에 널려 있네
구슬이 서말이야 꿰야 구슬이지

인간은 흩어진 옥구슬 같은 보배들을 모으려 한다 꿰야
구슬이다

인생살이가 꽃다마 구슬처럼 잘 구르기 바라오

내일의 주역으로 살기 위해 구슬땀 춤사위를 때때로 보인다오

인생살이 안 풀릴 때 구슬리며 동행하소

구슬픈 소리는 달아나고 인생의 꽃길 따라 구슬처럼 굴러가니

난 구슬이란 말에 매력을 느껴요

꽃구름 바라보며 꽃길 따라 행복을 만끽하고 사랑하는 이
손잡고 인생길 구슬처럼 굴러간다오

아름다운 생

아름답게 태어난 멋진 사람아 아름다움을 노래하자

아름답고 고운 심성으로
아름다운 생각을 품으며
아름답고 품격있는 언어를 사용하자

아름다운 세상을 가꾸며 만들어 가자
아름다운 의식주를 설계하며 아름다운 삶을 누리자

아름다운 가정을 일구며 아름다운 자녀를 양육하며 아름다운
사랑으로
아름다운 날들을 만들어 가자

아름답게 이 세상 살다 떠날 때 아름다운 노래를 부르자

아름다운 사람아
아름다운 사람아
아름다움을 노래하자

참

하늘은 언제나 맑다
먼지 하나 없구나

인생의 맘도 그러면 좋으련만
아! 하!

인생의 마음이 요동치는 것은 오염된 생각이 청결한
마음에 재 뿌렸기 때문이라

엎어진 물을 주워 담지 못하지만
통곡이라도 해볼까?

보 람

밤나무는 밤송이가 벌어져 토실토실한 알밤을 드러낼 때
보람을 느낀다

세상사 이치는 보람이 주무대를 이끌고 고난 뒤에 보람은
격려의 선물로 다가와 안긴다

보람! 보람! 보람찬 내일이여
보람의 수를 세어보아라

인생의 풍요로운 수확 보람을

난 오늘도 보람을 스케치하며 인생의 무대에서 리허설한다

아침 이슬

운영의 이파리에 소망의 아침 이슬이 맺혔다

동녘 하늘에 해님이 빼꼼히 바라보며 웃는다

보리밭 종다리가 노래 한 수 뽑는다 해가 중천으로 지리를
옮겨가니

아침 이슬이 떽데굴 굴러떨어진다

운명의 이파리가 소망은
날아갔나

종다리가 말한다
날아간 게 아니고 다 이루었다

해설) 재밌는 아침이슬의 시를 배달합니다

　　시인은 아침이슬에 소망을 걸어봅니다 해라는 돌발 변수로
　　소망이 날아간 줄 알았는데

　　종다리가 던지는 말에
　　아하 소망 다 이루었네

삼겹줄 사랑

옹헤야 홍헤야

사랑을 가볍게 생각하지 말아요

사랑은 중후한 맛이 나도록 하는 것

사랑은 묵은장 맛날 때까지라

외줄당기기 사랑은 쉬 식으나 삼겹줄 사랑은 끊어질 리

없나니

사랑을 하려면 외줄당기기 사랑보다 삼겹줄 사랑을 권하노라

고귀한 사랑이여

영원불변의 삼겹줄 사랑으로 영원히 남아라

해와 달과 별과 바람

해돋이처럼 성공도 높이 솟아라

둥근 달 솟을 때 행복한 기지개 켜며

달맞이 가면서 사람 많이 뿌리소서

별들의 합창 소리 귀 쫑긋 기울이며

바람이 스쳐 갈 때 안부편지 실려 보내소

해와 달과 별과 바람
산수화로 그려주오

행복을 꿈꾸는 어느 시인이

오월의 편지

눈물로 쓴 편지는 외면의 덫에 걸리지 않는다

허례 가식의 편지는 외면당하고 정성 어린 편지는

감동의 눈물을 자아낸다

푸르름이 더해가는 신록의 계절에 푸른 창공에다 녹색 편지를 쓴다

살아있는 생동감 넘치는 편지

어버이 사랑 눈물겹습니다

고맙습니다 나의 스승님

사랑하는 나의 자녀들아 조국을 항상 기억하자

푸르름이 짙어가니

피보다 진한 가족 사랑, 선생님 사랑, 나라 사랑

모두가 하나 되어 이 강산을 수놓으리

감 사(感謝)

감사의 묘목(苗木)을 가져다가 감사하는 마음으로
감사를 심었습니다

감사 기도(祈禱)를 드리고 감사(感謝)를 가꾸었더니
감사의 열매가 맺었습니다

추수감사절(秋水感謝節) 감사(感謝)를 하나님께 올려
드렸습니다

산타 인생을 꿈꾸자

진정한 산타가 되십시다
진정한 산타로 사십시오
진정한 산타의 꿈을 키우고
가꾸어 나가길 축복합니다

산타가 이 세상에 많이 필요합니다
산타 인생으로 살 때, 가장 추억에 남을 때

기쁜 날의 대명사가 될 것입니다
산타를 꿈꾸었다! 산타가 되십시오
산타로 살아갑시다

산타 인생은 복 있는 자로다

산타 인생 꿈꾸는 자
산타 인생을 실천하는 자
진정한 산타가 될 지어다

산타는 아이들의 가장 존경받는 자요
산타는 예수 그리스도의 아바타요
산타는 남을 위해 은혜를 베푸는 자라

산타는 대가를 바라지 않는다
산타는 주기만 하고도 기뻐한다
산타는 인생들의 롤모델이로다

60대 청춘가

1. 추위야 비켜라 내 나이가 어때서 냉수마찰하기 딱 좋은 날이다

2. 60대 실버는 추억의 영상을 타고 시냇가에 발을 넣고 물장구
   치고 다람쥐 쫓던 어린 시절을 회상한다

3. 봄이 오면
   봄이 오면 나물 캐던 봄의 아낙네가 새삼스럽게 떠오른단다

4. 청춘을 그리워하는 실버들의 노래
   청춘을 돌려다오

5. 사노라면
   처자식 먹여 살리려다
   전국 일주 못했소이다

   그렇지만
   송해 선생 땐 전국노래자랑으로 못다 한 전국 일주 다 다녀봤
   소이다

6. 60대 실버가 되니

   머리에 흰서리가 내리네

   세월아 염색약 좀 다오

7. 60대가 되어

   천둥산 박달재를 불러보니 추억속에 첫사랑이 생각이 난다

8. 지난날 구수한 숭늉 대신 아메리카노 커피로 대신한다

9. 칠십 대로 이르니 미워도 다시 한번은 찾아오지 않더라

10. 꿈많은 청년 시절엔 시를 썼지만 칠팔십에 이르니 유언장을

    쓰는구나

11. 치매 환자가 말하길

    나의 사전에 기억력은 없다 그러므로 한탄한 노릇이다

12. 노인이 되어 보니
    선물보다 현찰이 좋다더라

13. 어느 노인의 생각
    마라톤 생중계를 보다가
    나도 뛰고 싶다

14. 노인들이 가장 좋아하는 것은 고장 난 벽시계
    시간이 멈춰있으니까

15. 노인이 하는 말
    실연 당해 터벅터벅 맥 빠져 걸어온 청년에게

    난 말이야 실연 당하면 지팡이 짚고 콧노래 부르면 걷는다네

편 지

가슴속 깊은 데서 우러난 고상한 언어들

예쁜 언어가 모여 합창을 한다

언어들이 모여 종이에 먹물로 인증샷 찍고

하얀 편지 분홍 편지 회색 편지로 태어난다

청순함 열정 슬픔의 옷을 갈아입고

봄날속 아지랑이 타고 내 님 찾아 떠난다

편지야 사랑하는 이 가슴에 선물로 안기어라

봄의 풍경2

꽃은 피어날 때 화(花)사하게 웃고

사랑받는 날씨는 화창하게 미소 짓는다

봄철의 노고지리 우지질 때 봄, 아지랑이 덩실덩실 춤춘다

봄, 논에 모심던 농부가 흥겨우니

들녘 제비도 춤사위 편다

화무(花無)은 십일홍(紅)이라 한가락 읊조리니

아낙네 만삭도 기우나니 되받아친다

만물이 소생하는 봄이여

부푼 가슴에 소망 심고 봄비 내려 키워주소

눈물의 편지

눈물로 쓴 편지를 무례히 밟고 지나가지 마소서

나의 정성과 배려와 희생을 조각한 작품들이 외면 당하지
말게 하소서

나의 몸과 영혼을 불어넣은 따뜻한 배려가 눈물로 쓴
편지나이다

남 섬기는 종의 도구가 구겨진 휴지 되지 말게 하소서

사회의 등불이 되려는 작은 불씨를 꺼트리지 마소서

정성의 진면목을 있는 그대로 바라보며
무심코 지나치지 마소서

격려의 눈빛으로 바라보소서

그 정성이 아름다운 영혼되어
어두운 곳을 비추나니 해 같이 빛나게 하소서

내 눈물로 쓴 편지를 무심코 밟고 지나지 마소서

성령이 꽃 피는 하루

주여! 성령의 꽃이 활짝 피는 하루 되게 하소서
겸손한 것으로 삼고 거룩한 것으로 거두는 하루 되게
하소서
주의 말씀은 내 발의 등이요 내 길에 빛이나이다

흑암과 요단을 건널 때 주의 지팡이와 홀이 지켜주시사
승리의 기쁨을 누리게 하옵소서

영원을 사모하는 마음을 주셨으니 인내하며
환난의 터널도 주 은혜로 웃으며 빠져나가리

예수께서 오늘도 나와 함께 동행하시니 어둠도
거친 돌도 다 달아나리로다
황무지가 기름진 옥토 되어 가나안 땅이 되게 하시며

어두운 그늘이 청명한 궁창으로 변하리니 은혜의 햇살이
영원토록 내리쬐리이다

은혜로운 새벽을 여신 하나님!

아침 해가 돋을 때

성령의 기운을 받아

찬란한 성령의 꽃이 피는 하루 되게 하소서

난 가노라

내가 가는 길을 묻지도 말고 알려고 하질 말라

나는 천성의 소리를 듣고 이행하려 하노라

세상의 찌든 때를 난 훨훨 벗어 던지고 난 은혜에
도취되 받은 바 은혜를 실천하길 원(願)하노라

찬송(讚頌)과 기도(祈禱)가 끊긴 악(惡)한
세대(世代)여!
주님 오실 날이 멀지 않았나니

난 은혜 속에 뛰놀며 주의 영광 보리라

신앙(信仰)의 결실(結實)을 거두려 난 세속(世俗)을

떠나노라

주 은혜(恩惠)가 항상 내 곁에 머물기를

기도(祈禱)하노라

난 주님 가신 그 길을 늘 항상 못 잊어 눈물 훔치며
순교자(殉敎者)의 길을 가노라

어부의 가녀린 기도

주여!
첫사랑 처음 믿음이 영원히 변질되지 말게 하옵소서

오늘도 바다에 그물을 던질 때 많은 물고기 때가 주님의
축복 속으로 몰려들게 하옵시고

믿음 가지고 그물을 던지는 신실한 어부로 살게 하시며
주께서 응원하실 때 풍성한 물고기 수확이 그물 던진
어부의 가슴에 기쁨의 물결이 일게 하옵소서

신실한 영혼 구원 사업이 날로 날로 번창하게 하시며 기획 한
자나 던지는 자가 함께 기뻐하는 시간들 되게 하옵소서

소망의 닻을 올리고 갈릴리를 노래하며 갈릴리를 사랑하며
갈릴리에서 물고기를 낚다가 메시아를 만나게 하옵소서

물고기를 낚아 천국의 시민권을 얻게 하시며 물고기로 하나님
나라 세금을 내게 하소서

던져라 얼어지리라

던져라 함성이 터지리라

던져라 영혼 구원 사업이 기쁨으로 충만하게 하옵소서

갈멜산 전투

만유의 하나님!
오늘 저희에게 필요한 실탄을 주시옵소서

저 골리앗을 꺾을 수 있는 말씀의 실탄과 지혜 주시옵소서
이교들의 거짓 복음과 한판 겨눌 때 여호와의 영이 임하여 참된
복음의 기치(旗幟)로 제압하게 하옵소서
하나님의 때를 사모하며 그날을 위해 갈고 닦은 영성 훈련이 빛을
발하여 골리앗의 목을 취하게 하옵소서

기독교 안에 파고든 낡은 세력들의 잔재를 털어내게 하시고
우상숭배의 세력을 다 태워 하나님 보시기에 심히 좋았더라
칭함을 얻게 하옵소서

저희는 외로이 갈멜산 전투를 준비하나이다
바알의 450인 신들과 싸울 때 여호와의 영이 임하여
번제물과 제단과 고랑의 물을 다 태워 하나님의 살아계심을
만천하에 알리게 하옵소서

승전고를 올리며 여호와의 깃발이 갈멜산에 예찬교회 지붕에 펄
럭이게 하소서
갈멜산 전투에서 승리할 때 하늘문이 열리며 새 예루살렘의 영
광이 펼쳐지게 하옵소서
새 예루살렘! 새 예루살렘! 평생을 잊지 못할 이름이여

그 이름을 호산나와 함께 두 손 들고 외치며 최후의 승리를 찬양
하리이다
주님 갈멜산 전투를 준비하게 하소서 주께서 진두지휘하소서
참된 복음이 승리의 깃발 되게 하소서

영광의 주만 바라보며

영광(靈光)의 주(主)만 바라보며 오늘도 신앙(信仰)의
여정(旅程)을 걷나이다

가다가 돌부리에 걸려 넘어져도 툭툭 털고 일어나게
하옵소서

못볼 것을 봐도 시선(視線)을 의(義)로 뛰어넘게 하소서

유대인들의 가시 채 핍박에도 굴하지 말게 하소서

잔인한 로마 네로의 화형주(火刑株) 공포 속에서도
주를 찬양(讚揚)하리로다

스데반 집사(執事)처럼 영광의 주를 바라보며 죽음을
미소로 화답(和答)하게 하소서

의를 위해 핍박받으며 순교(殉敎)하는 것이 크리스찬의
최고의 가치신앙(價値信仰)이나이다

영광의 주만 바라보게 하소서

다소 사람 바울처럼 영광(榮光)의 주(主)만 바라보게 하소서

정답과 오답

교만은 멸망의 선봉이라

나의 자아가 너무 앞서가면 정답이라 힘주어 말하고

타인의 답은 모든 게 오답으로 보일 때

언쟁을 낳고 충돌이 일어나나니

정답이라 과한 주장보다

오답을 품는 마음가짐이 중요하도다

정답과 오답이 충돌하면 참으로 답답하다

정답이라 큰소리로 온 세상이 시끄러우니 어찌

조용할 날이 있겠으며 성경은 교만은 멸망의

선봉이다 지적하는도다

정답아 오답을 품어라

오답이라 몰아세우면 충돌로 이어져

적대관계가 된단다

정답과 오답이 함께 가는 길은 따뜻하게 품고 가는

도량 넓은 마음가짐뿐이라

닮기 담(시조 풍)

닮기담　　담기담

예수닮기　담기담

우리주님　담기담

구세주로　맞는담

공중나팔　들으라

예수재림　하신담

담기담기　담기담

예수를 너무 닮고파요

불시착

사랑의 꽃씨를 뿌려본다

구애(救愛)가 민들레 홀씨 되어 그녀를 찾아가지만

가슴에 착륙하지 못했다

사랑은 밀당인가?

숭고한 사랑 앞에 밀당은 사라지고

어느 날 불현듯 찾아온

사랑의 전령사가 내 가슴에 불시착(不時着) 내려앉는다

잊혀 가는 인생

인생은 바람과 같아 어디서 와서 어디로 가는가

의문의 퀘스쳔 마크를 찍는다

건강하던 친구도 세던 친구도

시류 따라 떠나고

머리 좋은 친구도 건강이 나빠 침묵을 하고

멋쟁이 친구 또한 나들이를 접었다니 세월아

네가 야속하구나

출세했다던 친구도 세월 따라 가버리고

너의 흔적만 남았나니

세상만사 아이러니 잊혀 가는 길목에서

나는 벗을 그리며 울상 짓는다

엘리베이터

난 당신의 종이니 나를 언제나 부리세요

상 하 버튼으로 명령만 내리세요

지칠 때까지 언제든 날 찾아주세요

난 탈선(脫線)도 안합니다

바보 같지만 숫자는 잘 기억하며

정확하게 목적지로 모셔다 드린답니다

한눈팔이도 안하는 신실한 종이며

이견도 따지지 않습니다

그저 주인의 명령에 순응할 뿐입니다

난 엘리베이터니까

애당초

은혜가 애당초 없었더라면 무거운 바위에 짓눌렸으리라

사랑이 애당초 없었더라면 십자가는 없었으리라

중보 기도가 애당초 없었더라면 남을 돌볼 생각도 없었으리라

찬송이 애당초 없었더라면 감사의 노래 없었으리라

영생이 애당초 없었더라면 아무렇게 살다 갔으리라

충성이 애당초 없었더라면 패잔병의 삶을 살았으리라

믿음이 애당초 없었더라면 말씀은 귓등으로 스치는 바람이어라

애당초 애당초가 있었기에 좋은 열매가 손짓하누나

復活 (부활)

모든 만물이 사망의 그늘에
도미노 되어 쓰러져 간다
이 땅의 피조물은 그렇게 흙으로 돌아간다

부활! 사망의 권세를 밟고 일어서는
위대한 승리

부활의 첫장을 여신이 예수 그리스도
우린 예수의 부활을 기념하기 위해
부활의 칸타타를 노래한다

만왕의 왕! 만주의 주!
독생자 예수의 부활을 기념한다

떡과 포도주로 부활의 의미를 되새겨본다
부활! 위대한 예수님의 승리

시 선

사슴농장에 목이 긴 사슴을 보니 마음이 평안합니다
길 가다가 파지 줍는 노파를 보니 맘이 짠합니다
내 시선은 주머니 천 원 지폐 두 장에 시선이 갑니다
길 가다가 신호등에 대기 중인 중풍 노인을 보았습니다
안타까워 업고 건넜습니다

버스에 타서 앞을 보니 아가씨의 미니스커트가 눈에
걸려 눈길을 잃었습니다
버스 안에서 전화 통화하는 아낙의 모습에 시선이
불편합니다

시선!

곱디고운 시선과 애정 어린 시선과
민낯의 시선이 함께 공유하는 세상

어디다 시선을 두어야 할까요?

불현듯

까마득한 생각의 골짜기 술래의 추억

오늘따라 골짜기 늪에서 기어오른다

까마득한 잠재의 골짜기에서

불현듯이란 이름으로

잠적의 옷을 벗어던지고

뭉게뭉게 피어오른 안개속 운무로

묻혀버린 아름다운 추억의 안개 운무여

불현듯 머릿속에 또렷한 영상으로

피어나니 이 또한

아름다운 추억의 운무라

내 삶을 노래하리라

펴 낸 날　　2025년 08월 29일

지 은 이　　백병엽
펴 낸 이　　이기성
기획편집　　권희연, 서해주, 최인용
표지디자인　　권희연
책임마케팅　　이수영, 김정훈
펴 낸 곳　　도서출판 생각나눔
출판등록　　제 2018-000288호
주　　소　　경기도 고양시 덕양구 청초로 66, 덕은리버워크 B동 1708호, 1709호
전　　화　　02-325-5100
팩　　스　　02-325-5101
홈페이지　　www.생각나눔.kr
이 메 일　　bookmain@think-book.com

· 책값은 표지 뒷면에 표기되어 있습니다.
　ISBN　979-11-7048-906-1 (03810)